Roathauberl, da Tatschgakini und ihre Freind

Jannes Krinner

Roathauberl, da Tatschgakini und ihre Freind

Zehn Märchengedichte in steirischer Mundart

Illustriert von
Hans-Jörg Fürpaß

EDITION ROESNER
artesLiteratur

Umschlagbild:
Hans-Jörg Fürpaß: Da Tatschgakini, 2003

Informationen zu unserem Verlag und dem Buchprogramm finden Sie im Internet unter:
www.edition-roesner.at

Erste Auflage

Druck: Börsedruck, Wien
Printed in Austria
ISBN 3-902300-13-2

Zur Entstehung des Buches

Immer schon faszinierte *Jannes Krinner* Lyrik als literarische Ausdrucksform - und so verfasste er bereits als Jugendlicher seine ersten Gedichte und Reime, indem er Geburtstags- oder Weihnachtspräsente lyrisch „verpackte" und seine Worte solcherart „verschenkte".

Handelte es sich bei seinen ersten Gedichten um Texte in Hochdeutsch, begann er später die Passion des Schreibens mit seiner zweiten Leidenschaft zu verbinden, nämlich alten Menschen beim Erzählen von Geschichten oder Märchen genau zuzuhören. So leitete ihn die Faszination über die Kraft ihrer Sprache und die Verwendung oft schon in Vergessenheit geratener und kaum mehr gebräuchlicher Termini und Satzstellungen, die perfekt in die Ausführung ihrer Geschichten integriert zu sein schienen, als er über den Versuch, (ur-)steirische Wörter in einem Wörterbuch zu sammeln, nachzudenken begann.

Diese Auseinandersetzung brachte ihn schließlich dazu, die ersten steirischen Reime zu Rotkäppchen zu Papier zu bringen. Diese Verse zum *Roathauberl* waren schließlich die Geburt der Idee für das vorliegende Buch, nämlich Märchengedichte zu verfassen und dabei althergebrachte Überlieferungen symbiotisch in die steirische Mundart einfließen zu lassen. Und Jannes Krinner ging gleich noch ein Stück weiter: Denn er schrieb die Märchen auf *seine* Art nieder. Er tradierte und interpretierte gleichermaßen, indem er in einzigartiger Weise - von einem tiefen Wortwitz getragen - altes Gedankengut mit der heutigen Zeit verband. Dabei scheute er sich auch nicht vor dem Bruch mit so mancher Konvention.

„Der Fisch bin immer ich."

In kongenialer Weise untermalte die Gedichte von Jannes Krinner dessen Freund und steirischer Maler *Hans-Jörg Fürpaß.*

Das wohl Besondere an den Bildern von Hans-Jörg Fürpaß ist, dass er darin phantasievoll ganze Zyklen von Geschichten darstellt, die er in der Theaterliteratur sucht oder – auch einfach im Alltag findet. Dabei tauchen Elemente aus der Tierwelt, den Medien, fremde Schriften oder Zeichen auf, die er jenen Bildern „aus seinem Inneren" detailgetreu nachempfindet.

So sind Märchen in ihrer vorstellungsbezogenen Darstellung natürlich eine interessante Aufgabe für seine Arbeit. Märchen, so sagt er selbst, seien aufregend, skurril: „Es passieren arge Dinge: Mord und Totschlag, Liebe ist das Thema."

Und so begleiten seine Illustrationen in trefflicher Weise die Lyrik von Jannes Krinner.

ISIS

Des wüll i eich dazölln

Hansl und Gretl

Es faungg aun wia jede Mär:
Es is aa schoa vadaump laung hea,
doss a Zölln da Nation,
a Kloafamülie - Ihr wissts schon -
a liabes Haus am Wold hot ghobt.
Des Olltogslejbm hot aa guat kloppt.

Dou plötzli hot sis Blattl draht.
Da Vota woa gach hocknstad.
Sie gebm die Kia hea, aa die Antn.
Es woa koa Göld mea auf da Kantn.
„Wos sull ma toa?", hobm sej si dejnkt,
dabei des Koupferl muards varejnkt.

Die Muatta, es woa net die Echte,
und eigentlich koa goa sou schlechte,
sogg im Bejtt daunn zu ihrm Hawi:
„Wia miassn hiaz wos tuan, sou glab i.
I hob schoa Lejcha in die Souckn
und neiche gibbs net ohne Flouckn!"

„Die Gschroppm sans, wos toama sölm,
dej fressn uns die Hoa vom Hölm.
4 vieri hobma weit net gnua
drum sejtz mas aus in olla Frua!"

Dem Vota kraumpft sis Magerl zsaumm,
des Herzerl wird eam aa gaunz klaumm:
„Nua waunn nix aundas hölfm tuat,
schick mas holt oll beide fuat."

Die Gretl wullt nua grod aufs Häusl,
an Zwejtschknfleck mit extra Sträussl
und heat ban Owischleichn nua,
wos die Öltan muagn hobm vua.

Sie woa ban Haus die kloane Touchta,
Lejnz woa des hiaz grod ihr ochta.
Da Hansl hot nou goa nix tscheckt,
sou hot sie eam glei goa net gwejckt.

Wos sull sie hiaz vua lauta Lochn
gejgn des Komplott nou mochn?
Schloft daunn ei und in ihrm Tram
kummp ihr a möadaguata Plan.

Am nextn Tog gejngans daunn lous,
die Gretl is wull ziemli bloss,
sie hot oba an Sock vull Stoa
und zaat eam auffi iwan Roa.

Da Hansl dejnkt, sie suachn Schwammerl
und hupft herum von Bam zu Bamerl.
Des Madl is sou raffiniat,
doss olle Rand an Stoa valiat.

Da Hansl hot an Pülzling gfundn.
Do is da Vota schoa vaschwundn.
Der Bua hejb hiaz zan unrund wean,
daunn heat ma eam schoa „Papa" plean.

Da Hansl, den da Muat valosst,
schreit: „I wüll an Opflmoust!"
Die Gretl sogg: „S is olls paletti!
Sei hiaz stad, daunn kriagst Soletti."

Sie nimmtn ba seim linkn Pratzerl
und es geht hoamweats ohne Natzerl.
Stoa san am Weg eh gnua glegn
sou hobmsn aa recht leicht dasegn.
Sie brauchn aa nua zwoa drei Stund
schoa sans dahoam - und pumperlgsund.

Da Vota dejnkt ba Mülch und Sterz,
richt seine Augn himmlweats:
„Sou pock mas holt, in Gottes Naumm,
muagn nouch a zweitsmol zsaumm!"

An des hobm d'Kinda wull net glaubb,
sunst hättns a poar Stoadl klaubb.
Drum breslns hiaz, vua lauta Nout
den Weg, wos gejngan, vull mit Brout.

Gach is da Vota wieda wejg.
Des woa zwoa zeascht nou goa koa Schrejck.
Nua wias daunn segn, doss oll die Finkn
des Brot hobm gschnappt, aa ohne Schinkn,
sans dem Schlagl wull recht noh
und kloaraweis net mehr sou froh.

Sie san daunn gaungan a poar Stund,
die Fusserl woan bakloa schoa wund,
da Mogn hot vua Hunga böllt,
da Wulf im Schritt hots aa schoa quölt.

Auf oamol sogg da Hansl daunn,
der schoa neamma hatschn kaunn:
„Mir scheint, do gibbs im Wold an Bäck,
riach Weimperlstrudl und Zwejtschknfleck!"

Obwull er nou a kloanes Vaserl,
hot er a wirkli guates Naserl,
vagogglt hot sie nua sei Gruchn
ban Zwejtschknfleck, es woa Lebkuchn.

Sie kumman daunn zan „Bäckaslodn",
dou segn sie von da Weitn schon,
doss des jo goa koa Gschäft net is,
sunst hätts a Leichtreklam ghobb gwiss.

Sej san hin und hobm bled gschaut:
Des Haus woa nua aus Möhlspeis baut,
die Fejnsta woan net goa sou grouß,
oba vull aus Zuckaglos.

Sie wulltn völli iwadraan,
waunns net sou guat erzougn waan.
Wal olles aun dem stülln Uat
woa zan Essn, siass und guat.

Wia sie neamma aundas kejnnan
und zan Hausdoch zuwirejnnan,
an gaunzn Schindl aussareissn
und nou uandli owabeissn,
zuckt des Greterl zsaumm ols wia.
Da Hansl frogg: „Wos is mit dir?"

„I sullat aufhean mit die Drougn,
wal i hea do grod wen frogn,
wer do aun seim Haus so zuzlt.
Dej Stimm klingg gaunz schejn iwawuzlt."

Da Hansl sogg: „Geh gib a Rua!
Des kummt da sicha nua sou vua."
Soggs und hejb daunn sölwa lousn -
schoa is a Beistrich in da Housn.

Er heat: „Knuspa knuspa knausa.
Wer noschtn do? Wer is der Lausa?"
Dou wos er daunn zan segn kriagg,
hot eam die Keks zruckauffa gwiagg.

A olts, vaschrumplts, krumpes Weibl,
mit fetti Hoa und Drejck am Leibl.
Des schlimmste aun dem schiachn Koupf
woa drunta nou der muardstrum Kroupf

Des Essn hot glei neamma gschmeckt.
Ehrlich gsogg, hots beide grejckt.
Und wia die Hex sogg: „Wullts net bleibm?",
woas grod olle zwoa zan Speibm.

Nua walls a echte Hex duat woa,
sogn d'Kinda: „Wir hobm eh nix voa."

Sie gejngan daunn zu ihr ins Haus.
Waa nua hiaz die Gschicht schoa aus!
I hejb hiaz bold lauthols zan rean,
e s kaunn jo nua nou grausli wean.

Die Hex schmeisst d'Tia recht laut ins Schlouss,
reisst die Hejnd aus ihra Schouss,
dawischt die Kinda ba die Hoa
und sperrts in Stoll ban Ort davoa.

Wal sie koa Möhlspeis neamma mog,
sie siachts jo aa den gaunzn Tog,
wülls Obwexlung ins Lejbm bringan
und die Kinda daunn vaschlingan.

Kinda san holt fett am bejstn,
drum faungg sies aa glei aun zan mejstn
mit Schinkspeck und Zunganwuascht,
und Hullasoft gibbs gejngan Duascht.

Sie wüll net Ripperl hobm mit Haut,
deswegn hot sie imma gschaut,
wia a Finga is banaund
am Hansl seiner linkn Haund.

Karouttn hot sie kaane mejgn,
drum hot sie aa fost nix mehr gsegn.
So hobm die Kloan da besn Oltn
an dünnan Steckn aussigholtn.

Sie wean gfuatat nouch und nouch,
und holtn Steckn durch ban Louch.
Des Hexnluada dejnkt sie nua:
„Er lejgg und lejgg nix zua, der Bua."

Sie hejb zan iwalejgn gach:
„Woat i nou laung, so weans ma zaach!"
Und wall die Budn rebelliat,
sogg sie sölm: „Glei wiad serviat!"

Sie muass die Erdejpfl nou schöln,
a Floschn Bier derf aa net föhln,
daunn geht sie zu die Kinda hin
und frogg: „Wia gehts denn eich do drin?"

An Mundgeruch hots wia a Touta,
des Wossa rinnt ihr zsaumm ban Gouda.
Sie dawischt oll zwoa ban Haxn
und nimmbbs daunn beide bucklkraxn.

Sie zaats zum vuagwarmb, groussn Oufm,
hiaz is net weit, die Katastroufm.
Waunn net die Gret, der schlaue Gschropp,
hätt sou a guates Mundwerk ghobb.

„Wos wüllstn mit dem lejtzn Feia?
Do warmst jo net amol zwoa Eia!
Sie frogg aa nou den oltn Drochn:
„Sull i da net a gscheitas mochn?"

Völli hotts dem oltn Schrogn
von dera Rejd die Sproch vaschlogn.
Sie denkt si daunn: „Jo mejan net?
Sie sull ruhig tuan, waunns bejssa geht!"

Die Gretl hazt, woss Zeigl holt.
Es woa koan Reach im Wold mehr kolt.
Wias daunn hot a muards a Gluat,
sogg sie zur Hex: „Hiaz issas guat!"

Die Olte mit da Nosnwarzn
wüll wissen, wia die aundan hazn
schaut ban Oufmtierl eini
und siacht die Gluat, die hoassi, feini.

Zum an woas sichalich die Gicht,
zum aundan sicha s'Iwagwicht -
die Gretl braucht nua kurz audruckn,
schoa steckt sie in da Oufmluckn.

Da Hansl sogg: „Des is net gnua!",
und mocht des Tierl aa nou zua.
Es woa am Ejnd die bese Hex
von der Aktion schoa recht perplex.

Die Kinda san daunn hoamzua grejnnt.
Die Hex hot gmiatli weitabrejnnt.
Sie woa holt douch a fejsta Kibl,
drum woa da Gruch aa ziemli ibl.

Es woan am Ejnd die Öltan frou,
die Kinda woan jo wieda do.
Glebb hobms frou bis aun ihr Ejnd,
wall da Mölspeishaundl is guat grejnnt.

Des is von die Grimm Briada.

Schneewittchen

Es woa amol a Königin,
dej kejnnt si aus mit ana Nodl.
Sie gibb si gern dem Stickn hin,
des woa sou Brauch ban houchn Odl.

Sie mochts zwoa gern und ziemli ouft,
douch Haundoabeit hot ihr net glejngt,
sou hobm sie si a Kind aungschofft
und wurdn mit am Tejchterl gsegnt.

Sie hot sie auf des Kind schoa gfreit,
nua hottsas Lejbm net sou gwullt.
Die Hejbamm hot des Kind befreit
und Gout hot d'Muatta zu sich ghult.

Kind und Vota leidn Kumma
iwan unvahoufftn Toud.
Es dauert a pooa woame Summa,
bisa wieda gheiratt hot.

Die Neiche woa a muards a Schrogn,
des hot ma ziemli schnöll erkaunnt.
Sie duat nix ols ihrn Spiagl frogn:
„Wer is die Schejnste do im Laund?"

Da Spiagl is a bsundra gwejn,
er hot nua die Woaheit gsogg:
„Du bist die Schejnste, dej i kejnn!",
woa sei Auntwoat auf dej Frog.

Des Gsicht woa schejn, nuas Herz woa finsta.
Ma kaunn net olls hobm in seim Lejbm.
Es bliat zan siebmtn Mol da Ginsta,
do hots a Iwaroschung gebm.

Es woa daunn schoa zu dera Zeit
Schneewittchen, wia dej Kloane hasst
4 ihr Olta gaunz schejn weit.
Da Nauman kummp van Foabkontrast.

Die Hoa sou schwoaz wia d'finstre Nocht,
die Haut wia Schnea, der drausst is glegn,
die Augerl hobm liab ummaglocht.
Souwos schejns host söltn gsegn.

Wia der schiach eibüldte Kraumpm,
wieda amol frogg vuan Schlofm
den Zaubaspiagl mit da Laumpm,
hot sie fost des Schlagl trouffm.

Da Spiagl sogg: „Du gfollst ma guat",
vua Freid wean ihre Augn gressa,
„sou Lad mir oba des hiaz tuat:
Schneewittchen gfollt ma troutzdem bejssa."

Des Gsicht schloft ein,
sie spuckt nua Golln.
„Des kaunn dou bitte wull net sein!"
Daunn bitt sien Jaga um an Gfolln.

„Du bringst die Klaane hiaz gaunz floutt
tiaf in Wold und stichstas o.
Daunn bringst ma von der bledn Kroutt
Herz und Lejwa, oda sou!"

Da Jaga woass net, wia eam gschicht.
Eam is aa schoa gaunz uandli schlecht.
Er hot koa Aunung wiaras richt,
mocht daunn oba, wos sie mejcht.

Eam gehts wull ziemli aun die Nian.
Es is gaunz schejn vafoan, da Goan.
Er hot koa Aunung vom Transchian,
sunst wara jo Fleischhocka woan.

„Wos sull i dejnn hiaz tuan? Geh leck!"
Die Aungst vom Kind hot er fost grouchn.
Er sogg zu ihr nua:„Rejnn schnöll wejg!",
und hot a kloas Fadl ogstouchn.

Die Lejwa, mir hejbs hiaz zan Grausn,
obwull sie goa koan Hunga hot,
isst die Funzn daunn zua Jausn
mit am Weidling vull Solot.

Van Fressn steif nou wia a Priegl
wüll sie ihr Schejnheit wieda wissen.
Sie geht auffi zu ihrm Spiegl,
do kummpa ihr glei wieda gschissn.

Vül Chancen hot des Diandl net,
 - es is im Wold fost in da Mittn -
hätt des Glick koa Eisegn net,
und fandat sie net duat a Hittn.

Die Hittn woa zeascht sehr vadächtig,
eingricht woa sie liab vatramt,
es woa olls klaan und ziemli schmächtig,
oba sauba zsaummangramt.

Es is da Tisch 4s Nochtmol dejckt,
siebm Tölla und a Schissl,
des hot den Hunga in ihr gwejckt,
so koust sie glei von ollm a bissl.

Danoch hupft ihr da Schlof ins Aug.
Es san siebm Bejttn aun da Waund,
sechse hobm ihr wull net taugg,
ins siebmte haut sie si mit Gwaund.

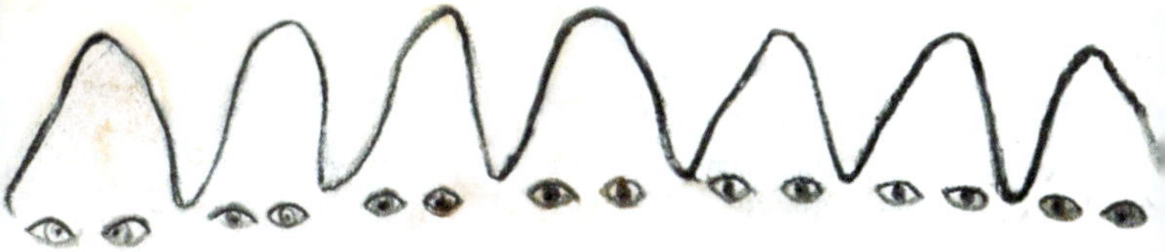

Die Hittn gheat siebm klaane Zwerg,
dej den gaunzn Tog im Stulln
in am von dej siebm Berg
grobm noch an Haufm Kuln.

Sie kumman hoam schoa ziemli miad
und hungrig von da schwaan Hockn,
sie hobm den gaunzn Tog Darm diat
und wulln hiazas Essn pockn.

Sie merkns glei ban Tiaaufmochn,
doss do wer aundas gwejn sei muass.
Es san a pooa vaschiedni Sochn -
sie wischn sie van Gsicht den Ruass.

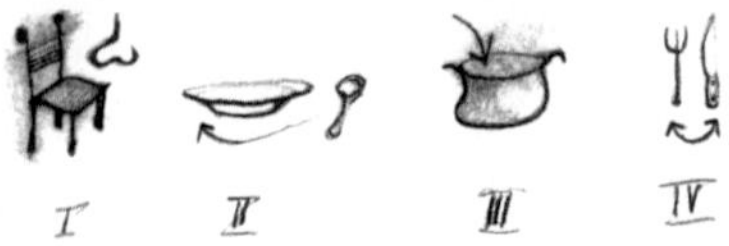

Da easchte merkts ba seim klaan Sessl,
da zweite ba seim Suppmtölla,
da dritte siachts ban Gulaschkejssl,
da vierte find ban Bstejck den Föhla.

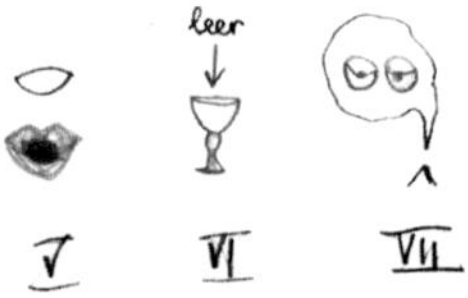

Dem fünften steht da Mund nua ouffm,
da sexte beitlt nua sein Schädl
und sogg: „Do hot mein Wein wer gsouffm!"
Da siebmte mahnt: „Do lieg a Mädl."

Es wird gach stad. „A feschi Goass",
wischplt oana von dej Höldn,
„in sou am Foll, souvül i woass,
sullt ma des die Schandi möldn!"

Douch daunn hot oana laut gedocht:
„Mia lossns ba uns gratis wounan,
waunn sie uns den Housholt mocht.
Des tat 4 sie und uns sie lounan."

Wias Schneewittchen munta wiad,
hots die Zwerg dazöllt ihr Lejbm,
daunn hobms den Vuaschlog debattiert
und si drauf die Handerl gebm.

Sou woan am Tog die Zwerg im Schocht,
sie is in da Hittn gwejsn,
hot den Housholt sauba gmocht
und aa nouch des Obndessn.

Wal sies von ihrm Spiagl woass,
wou die Scheane lejbm tuat,
is d'Stiefmuatta uandli hoass
und ersinnt an Plan sofuat.

Zur Vakleidung nimmts a Hiatl,
des Zwergnhaus hots aa glei gfundn,
vakaft dem Diandl duat an Giatl
und hotn ihr glei ummabundn.

"Roatl net sou zua, olts Weibl!"
"Loss mi nua, I kejnn mi aus!"
Schneewittchen hot do goa koa Leibl,
follt um und haucht ihr Lejbm aus.

Die Zwerg woa zeascht da Hols wull o,
wiasas liegn segn vua da Hittn.
Zum Glick is d'Klaane wieda do,
wiasn Guat hobm owagschnittn.

Die Bese wülls hiaz wieda wissn:
„Wer is die Schejnste auf da Wölt?"
Sie hätt si fost in Hintan bissn,
wias da Spiagl ihr dazöllt.

„Fesch bist wull nou 4 dei Olta,
wos nua an der Kosmetik liegg,
im Gsicht brauchst oba vül mehr Gmalta,
waunn i danebm Schneewittchen sieg!"

Des hot eam net goa glickli gmocht,
den oltn, bledn, besn Traumpl!
Sie hot sie glei wos neigs ausdocht -
vagiftat schnöll 4 d'Hoa an Kampl.

Sie is daunn zum Schneewittchen glafm,
vakleidat wieda souwiesou,
wüll ihr duat denn Kaumm vakafm,
des Diandl nimmts ihr aa nou o!

Schneewittchen hot den Kaumm aungstejckt,
des oba auf da Stöll bereit.
Sie hots zan Sterbm niedagstrejckt -
die Stiefmuatta hot des muards gfreit.

Aa diesmol woan die Zwerg zur Stöll,
es hot fost gschlogn die lejtzte Stund.
Sie nejman ihr den Kaumm o schnöll -
Schneewittchen is glei pumperlgsund.

Der Traunschga is nou miad van Hejtzn,
do rejnnts zan Spiagl auffi wieda.
Sie trifft dann nua mehr des Entsejtzn,
die Auntwoat foat in olle Glieda:

„Des wirst ma wull beinoh net glaubm",
ihre Augn wean uandli grouß,
„du bist zwoa nouch a feschi Taubm,
nua - Schneewittchen is a bejssra Hos!"

„Des gibbs dou net! Wia kaunn des sein?
I hobs jo hin do liegn gsegn.
Holt! Do follt ma nouwos ein,
wia i sie kunnt einilejgn!"

Sie schwört: „I moch net nou an Föhla!"
Geht aussi in ihrn Goatn,
brouckt an Opfl, geht in Kölla,
vagiftn tuat, den schean roatn.

In a Kraxn tuats die Ejpfl,
richt si her, wia schiach und olt,
bindt a Tiachl um ihr Kejpfl,
pleat daunn lauthols duachn Wold.

„Frische Ejpfl, softig, steirisch,
gibbs bei mia und goa net mull,
do is sogoa da Noschmoakt neidisch.
Dej hölfm aa ban hoatn Stuhl.

Maschanzga hob i, Grenni Smiss,
Jonagold und Grofmstaana!
Fesche Puppm, moch an Biss!
So guat wia der do, schmeckt sunst kaana."

Schneewittchen is hiaz wull schoa schichti
mit frembi Leit vua ihra Hittn.
Sie traut hiaz koan mehr glei so richti,
wal sie hot zwoamol uandli glittn.

Der Opfl schaut jo sou guat aus!
Sie kaunn si oafoch neamma holtn,
sie valosst des sichre Haus
und kaftn von da schiachn Oltn.

Da easchte Biss is aa schoa gnua,
sie hejb glei wüld zan ummaschiagl,
ols warat sie schoa uandli zua
vo a pooa vulle Bouckbiakriagl.

Die Zwergl oba findns glei,
die easchte Hülf kummt leida zspoot!
Es is hiaz, glaub i, echt vuabei -
des Diandl is endgültig tout.

Schneewittchen oba saftlt net,
hejb aa net zan ranzig stinkn,
sou hobmsas in an Glossoag bejtt
und faungan aun aus Kumma trinkn.

Do kummp a Prinz und siachts sou liegn,
er spring van Pferdl owa glei.
Eam issas Herz in d'Housn gstiegn,
er wüll 4 imma bei ihr sei.

Da Prinz nimmts mit, er hot wull gfrogg,
die Zwerg oba gebms net gern her.
Sie hobm si daunn wull sölwa gsogg -
Schneewittchen koucht jo eh nix mehr.

Wiasas hejbm aufd nouble Kutschn,
hobm die Träga nix gedocht,
do hejb da Soag zan owarutschn
Und is hoat am Boudn krocht.

Es spritzt da Drejck auf ihre Stuzzn,
Schneewittchen hot an Huasta gmocht,
spucktn aus, den Opflpuzzn,
und hot si glei den Prinz aunglocht.

Sie hobm si daunn des Jowurt gebm,
so schnöll host goa net schaun mejcht.
Sie tatn sicha heit nou lejbm,
waa da Toud net sou gerecht.

Des woan aa die Grimm Briada.

Frau Holle

Es woa amol a brave Miarl,
dej hot a guates Werk vullbrocht.
Sie streicht Frau Holle s'Goartntierl,
und hot ihr aa die Bejttn gmocht.

Wias daunn fertig is ba ihr,
kriaggs aa gaunz guat Göld da4.

Die Schwejsta woa a faule Miachn.
Tuat zeitweis aa nou gaunz gern liagn.
Kaunn die Oawat netmol riachn
und den Hols vull Göld net kriagn.

Sie hot aa 4 d'Olte tschobbt,
oba nix taun – Pech ghobt!

Va die Grimm Briada

Da Tatschgakini

Vua launga Zeit, in am kloan Schlouss,
hot glebb a wirkli fescha Hos
mit blaui Augn und blondi Louckn,
do hejb am fost da Otm stouckn.

Die Leit dazölln - i glaubs jo net -
doss goa die Sunn an Neid ghobb hätt.
Ihr Schejnheit hot schoa sou oag gleicht,
do wulltn am die Äugerl feicht.

Dou wias sou is mit scheana Nosn,
Freindeskreis host daunn kaan groussn.
Mit da Zeit wirds ihra faad,
sie wullat schoa a bissl blaad,
do hot da Vota gejgnglejnkt
und ihr a guldne Kugl gschejnkt.

Sie hot si glei vül bejssa gfühlt
und nua mehr mit der Kugl gspült.
Sie faungg aa ungschaut aun zan keifm,
wüll des Spül wer aundas greifm.

Die Kugl hots aa mit ban Brunn,
a wejngal hot sie holt schoa gspunn,
die Gfoa hot sie duat net erkaunnt
und spült si potschat ummanaund.

Den Bollm hot sie in Himml gschmissn,
dabei issa ihr leicht ogrissn,
zan Faungan hot sien neamma glejngt,
obwull sie iwas Glanda hejngt,
sie schaut da Kugl nua grouß noch,
wia sie fliagg ins Brunnanlouch.

Kurz sinniert sie wull no driwa,
do geht des Hejferl aa schoa iwa.
Sie faungg laut zan bejnzn aun,
doss ma goa net zuahean kaunn.

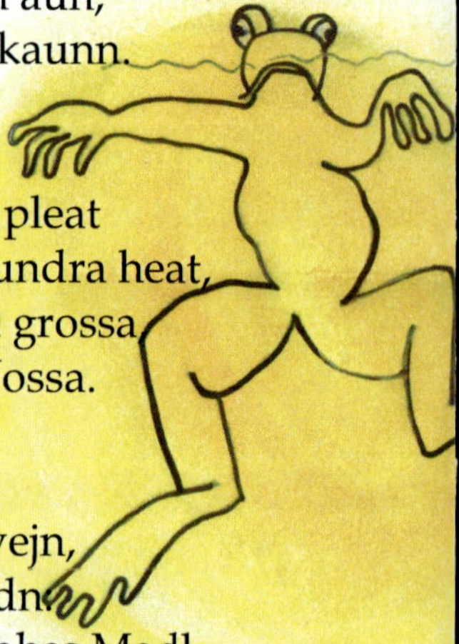

Wal sie goa sou grauslich pleat
und - sou scheints - koa aundra heat,
stejckt a Frousch, a uandli grossa,
sei Kejpferl aussi aussn Wossa.

Wias holt daumols ibli gwejn,
hejbba glei mit ihr zan rejdn:
„Wos issn gschegn, mei liabes Madl,
mej hejngtsn sou weit oachi, s'Ladl?"

Des Rejdn vom Frousch woa ihr net spanisch,
sie woa nua wejgn da Kugl panisch:
„I bin jo sou frou, doss du kummst,
mir is mei Spül ins Wossa plumpst!"

Da Frousch, der olte Neiditscheina,
sogg: „Da Brunnan is eh meina.
Wos kriagat i von dia daunn wull,
waunn i den Bollm zruckaussa hull?"

„Wos du wüllst, kaunnst von mia hobm!
I tat di aa no gaunz vül loubm!"
„Göld und Klunker wüll i net,
i wüll nua zu dia ins Bejtt!"

Des Diandl dejnkt si weita nix,
„OK, hiaz hull ma obas Ballerl fix!"
Obwull des Wossa schwoaz wia Jauchn,
hejb da Frousch zan ummatauchn.

Aunstott wia sunst noch Fliagn schnappm,
zwejnggas Kugerl in sei Pappm,
bringgs daunn glei da scheanan Maid,
dej si driwa uandli gfreit.

Er gibb ihr s'Kugerl in die Haund,
sie wischts glei o ban noublen Gwaund,
hottn Wejtteinsotz vagessn!
Vielleicht, wal sie jo blond is gwejsn?
Bevua da Frousch die Wurt hot gfundn,
woa die Scheane schoa vaschwundn.

Da Frousch fulgg seine Intaressn
und taucht gach auf ban Obndessn.
Dem Tejchterl schwindt die Foab vom Gsichtl
wia sie dazöllt dem Vota s'Gschichtl:

„Er – zu mia – ins Bejtt – niemols,
do kriag i glei an Frousch im Hols!"
Da Vota: „Her hiaz auf zan ummastressn,
versprouchn is, dej Kroutt muasst fressn!"

„Glaubst i loss mas Bett aunschlatzn?
Do kriag i jo am Popsch nou Warzn!"
Da Vota: „Hiaz hea auf van seiern!"
Sie :„I glab, i muass glei reian!"

Daunn dawischt sien Frousch ban Fuass.
„Wos sull i tuan, waunn i holt muass?"
Sie nimmtn mit ins Kindazimma,
mitn Vota rejdt sie nimma.

Die Zimmatia wird laut zuadrouschn,
am liabstn hätt sien ane gwoschn.
Sogg daunn nua: „Du bleda Watschga!",
und wixtn aun die Waund, den Tatschga.

Normal is sou a Viecherl hi,
woscht mas gejgn die Waund wia sie.
Zum Glick is des a scheane Gschicht,
drum stirbb dej schiache Unkn nicht.

No heit is auf da Waund a Fleck,
douch die fette Kroutt woa weg.
Vua ihr steht gach a scheana Maunn,
den sie nua nou gern hobm kaunn.

Er hot zwoa aus da Nosn bliat,
des woa daunn wuascht, schnöll gheirat wird.
Sie hobm daunn recht vül Kinda ghobb,
und a muards Feichtbiotop.

Ogschaut ba die Briada Grimm

Da Bua, der die Aungst gsuacht hot

Es woa amol a kloana Bua,
der geht nou gaunz gern in sei Schul.
Dou eines Togs daunn in da Frua,
woassa net mea, wos a tuan sull.

Er kriagg a Aufgob von da Lehrn:
an Aufsotz in fünf Tog vafossn.
„Die Aungst" sull duat des Thema wean,
hiaz muassa si wos eifolln lossn.

Des wiad net leicht, 4n Buam holt.
Er strejngg si aun, des is zwoa gwiss,
nua issa eascht siebm Summa olt,
und woass net wos die Aungst sou is.

Hiaz hotta gheat, ba am Friseer:
„Bist du aa goa net bsundas grissn,
is des net wirkli a Maleer.
Du muasst da nua zan hölfn wissn!"

Sou gehta glei auns Reschaschian,
waundat sölm va Haus zu Haus.
Ma siachtn weit herummaschian,
noch „Aungst" frogg er die Leit sou aus.

Er kriagg vül mit vo Aungst und Surgn,
es hot eam oba goa nix brocht.
Obwulls eam oll ihr Wissen burgn
hot eam des olls koa Aungst net gmocht.

Da Oane sogg, doss er si fiacht,
wal dahoam, glabb er, brejnnt nou des Liacht.

Am Aundan wieda zwickt da Gnead,
wal es kunnt sei, es rejnnt da Head.

Ana schwitzt va seina Oltn,
wal er ban Schnopsn ihrn Gaung hot gholtn.

A Frau dazöllt, si mocht koan Notza,
wals Auto hot an neichn Krotza

Er heat aa von da Tante Anschi,
sie gackt si aun vuam Sprung am Banschi.

Sei Schwejsta is komplett zakniascht,
wals Wadlhoa duach d'Goxn piascht.

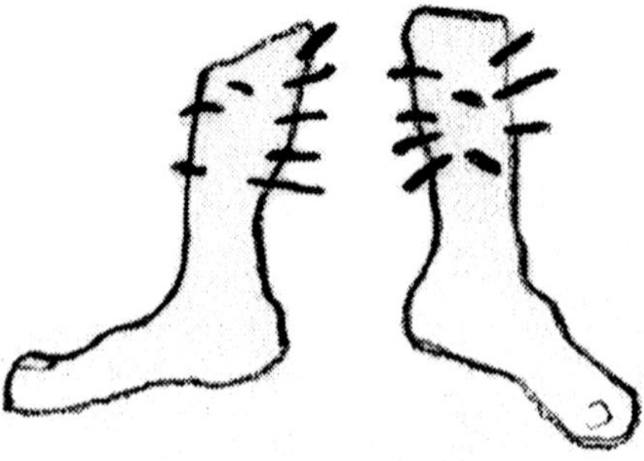

Sogoa da Vota fiacht si woass Goutt wia,
wal duach d'Wulln am Koupf woxt grod
sei Knia.

Gaunz heafleischi wullat da Seppi,
waunn er dazöllt von da Tant Peppi,
wal imma waunns eam trifft dej Raudl,
wüll sie eam sei Gsicht oschnaudl.

So schreibbas auf, dou woass net recht.
Es hot eam die Konklusio gföhlt.
Er woass net, wos eam fiachtn mejcht,
des hottn nou ban Fruastuck quölt.

Er nimmt den Aufsotz mit in d'Schul,
er liestn vua, wals grod sou passt.
Zu douzi Zeitpunkt woassas wull,
wos Toudesaungst hobm wirkli hasst.

„Wos wirkli Aungst is? Huachts ma zua!
Waunn da Schulbus neamma woatt,
des passiert da in da Frua
und daunn die Muatta mit dir foat.“

Des is quasi von mia.

Roathauberl

Vua launga, launga, launga Zeit
woa olles aundascht, ols wia heit.
Do sogg a Muatta zu ihrm Kind:
„Hiaz gehst in Wold zua Oma gschwind
und bringst da Oltn wos zan Essen.
Dabei deafst nua net vagessn:
Waunns finsta wiad, bist wieda gricht !
Sonst gibt es keine Disco nicht!"

10, 12, 15 Joa woas olt.
Draussn woas aa schoa recht kolt
und wals a Madl woa a zoats,
sejtzts a Hauberl auf - a roats.

Da Korb woa schwaa und vull mit Jausn,
da Gruch woa guat, aa schoa vo aussn.
Drinn woa aa von da Tant Trudl,
a sölwagmochta Opflstrudl.

Sie mocht si olso auf die Souckn,
untam Kappl guldne Louckn,
dej woan iwahap net gfärbb,
dej hot sie von da Muatta gerbb.

Wia sie daunn den Wold betritt,
schleichen schoa zwoa Augn mit
und fulgn ihr gaunz unbeirrt!
Wos sie natirli goa net gspiat.

Es is da Wulf, i kaus eich sogn,
dem krocht schoa holbwegs laut da Mogn.
An Hunga hotta, muards an groussn,
wal d'Jaga hobm oll Reach daschoussn.

Hiaz hot da Fux, a guata Spezl,
eam fejst trejniat mit Logikrätsel,
drum scholt sei Hirn glei kreiz und quer:
Wo wüll sie hin? Wo kummt sie her?

A Gricherl trifft nembei sein Zinkn,
ols tatn eam die Engerl winkn:
a Xölchts, a Brattlfett und Wiascht!
Worauf er si zua Oma pirscht.

Er woass, doss heit dej olte Wabm,
ban Spoavarein is, net daham!
Er wüll hiaz - pfui mi hejbs schoa grausn -
die Klaane fressn zsaumt da Jausn.

Mit sölchti grauslichn Gedaunkn
hupfta iwan Forstwegschraunkn
und rejnnt zu Omas Hittn hin,
wal duat, glaubt er, is ma glei drin.

Des Daumanholtn hot nix ghulfm,
nix holt eam auf, den besn Wulfm.
Er hots an dem Tog net schlecht trouffm,
wal es steht a Fejnsta ouffm.

Er steigg ins Haus ohne schenian,
duat gehts daunn glei auns Adjustian:
ziaggs Nochtpfoat aun und aus die Schlapfm,
und schoa ligga in da Hapfm.

Er kau grod nou sein Schwaf vastejckn
unta da groussn Daunandejckn.
Schoa pumpats laut aun seina Tia.
Er frogg gaunz houch: „Wer wüll zu mia?"

„Seas Oma, i muass schoa wieda hudln,
i kau heit nua kuaz zuwimudln."
„Kumm eina Kind, tua net so gschamig,
wos mochstn do, sou gaunz alaanig?"

Da Wulf, dej ausgschamt blede Miachn,
mit seim Gfrieß, dem grauslich schiachn,
spült dem Madl vua, dem liabm,
ols kunnt er goa koa Wasserl triabm,
doss er die olte Oma waa,
und die Klaane glaubbs eam aa.

„I hob da wos zan Essn brocht."
Da Wulf hätt fost laut aussiglocht.
Er sogg gaunz liab und ohne spuckn:
„Kumm her auns Bejtt, i muass di druckn!"

Dem Diandl oba dejmmat wos!
„Warum san deine Uan sou grouß?"
„Du woasst jo, doss i sunst schlecht hea,
drum frog net laung und geh schoa hea!"

Dou nouwos passt net! „Kruzinesa!
Wou san denn heit die Augnglejsa?
Und deine Augn, sou grouß und rout!
I tat gern wissn, wos do hot?"

Da Wulf hejb schwitzn, meina Söl.
Mei liabes Kind, rejnn wejg gaunz schnöll!
Dou dieses söltnschlaue Viech
sogg: „Dass i di recht guat siech!"

Die Klaane mocht an Schritt zu eam,
dou nouwos faungg sie aun zan stean.
„Und dei Gebiss? Des hob heit guat!
Die Zanderl woan jo oll schoa fuat!"

„Ah meine Zejnt? Wos mit dej is?
Dej brauch i, wal i di hiaz friss!"
Da Wulf spring aussa aus seim Bejtt.
Do krocht auf oamol da Parkett.
Die Oma steht hiaz mittn Zimma
und traut fost ihre Augn nimma.
Sie dawischt im easchtn Zuan
den Wulf ban Schnobl, gaunz weit vuan
und schlogg eam mit da rechtn Kruckn
in die Zejnt a grejbre Luckn.

Da Wulf, den ma sou goa net kejnnt,
is nua mehr um sei Lejbm grejnnt.
Hiaz woara um an Schmäh valegn.
Seit daumols hottn neambb mehr gsegn.

Des is aa von die Grimm Briada.

Hos und Igl

Hos und Igl hobm si trouffm,
mitanaunda holbwegs gsouffm,
mit an muards am Brett
deppat gwejtt.

Wulltn, stott bled ummarafm,
schaun, wer schnölla is ban Lafm.

Igl, bleda Hund, bescheisst!
Dumma Hos nix iwareisst,
kouffat wia a Irra -
und is imma da Valiera

70mal issa grejnnt! Respekt!
Zum Schluss daunn oba dou varejckt.

Auglaant ban Wiggerl Bechstein

Blauboat

Groussa Maunn
blaua Boat
schaustn aun
is ernst sei hoat.

Heirat Mejnsch
aus oaman Haus
mit straummi Wadl -
a Augnschmaus.

Nimmts mit haam.
Laft recht guat.
Streitn kaam,
daunn muassa fuat.

Gibt ihr d'Schlissl
4 olle Zimma:
„Schaust a bissl,
nua ins lejtzte nimma!"

Sie fulgg net recht
des dumme Kind
und staunt net schlecht
wias Leichn find.

Haufmweis aufgschlitzte Fraun
liegn in dem Toutnkammerl,
sie wüll ihre Augn net traun,
dabei geht aa gaunz floutt des Hammerl.

Die Haund vaschwitzt
da Boudn vull Bluat
die Waund daflitzt -
ihr is net guat.

Vua Grausn draht sie si glei wejg,
do follt schoa s'Essn aus ihrm Gsicht.
Da Mecki Messa woa a Drejck,
benoumman valiat sies Gleichgewicht.

Da Schlissl aus da Haund, der follt
mittn in a gstouckte Lockn,
da Schwitz am Buckl is recht kolt,
a bissl is sie wull daschrouckn.

Daunn kummta wieda hoam, der Hiasl.
Valaungg die Schlissl wieda zruck.
Des blaue Gstauda um sein Riasl
valeiht dem Gaunzn aa nou Druck.

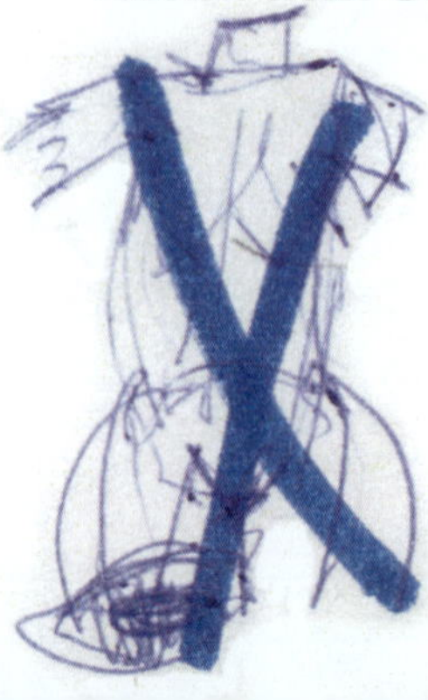

Ban Diandl wean die Uixn feicht,
die Kroft im Knia aa laungsaum schwind.
Van Chef hobm wüld die Augn gleicht
wiaras Bluat am Schlissl find.

Er sogg: „Eigentli wullt i nou woatn,
bevua i da den Hols umdrah,
wal du mochst sou brav den Goatn
und guat kouchn tuast du aa.

Es is nua, waunnst net auf mi heast,
mir follts net leicht, do brauchst net schwitzn,
es hülft aa nix, waunnst ummareast,
zur Strof muass i dan Bauch aufschlitzn."

Die Stimmung is net woass Goutt wia,
er hejb schnöll sein Hejtsch zan schleiffm,
sie varammlt d'Zimmatia,
er tuat vua Freid nou Liadl pfeiffm.

Er grinst und spuckt si in die Hejnd,
sie schreit um Hülf: „Vabrecha, Reiwa!"
Des Fichtnmoped is schoa grejnnt
do steht auf oamol da McGuyver.

Des Schniarl von die Ledaschua,
den woaman Hundsdrejck aus da Sulln,
an glutschtn Kaugummi dazua,
des füllta in a Küchnrulln.

Er hot si sou an Paunza baut,
der ohne Sprit hot funktioniat.
Da Blauboat hot wull schejn bled gschaut
und woa aa komplett irritiat.

McGuyver nutzt des beinhoat aus,
hult die gschrejckte Frau vom Zimma,
trogg sie hoamli ausn Haus,
kitschiga gehts wull fost nimma.

Daunn hocktan Blaun den Koupf nou o
So woan am Ejnd aa olle frou.

I glab des woa von die Grimms.

Prinzessin auf da Erbsn

Es hot amol an Prinzn gebm
in am Schlouss am schean, oltn,
der wullt net mehr ols Singl lejbm
und gach um a Haund aunholtn.

Er suacht sei Schnepfm iwaroll,
findat oba nix, wos passt;
er reitat bis ins lejtzte Tol,
wos nua leida goa nix hasst.

Des Ergebnis is holt bitta,
es wiad sei Blick aa immer strejnga,
am Kopf des Hoa wiad laungsaum schitta,
des aus da Nosn imma lejnga.

Er geht fost ein aun seim Vadruss,
schittat sie nua zua mit Bia,
do gschichts ba am muards Regenguss,
doss wer pumpat aun da Tia.

Draussn steht, noss duach und duach,
a liabe Goass mit Iwabiss,
des Wossa rinnt ihr aus die Schuach,
wias sogg, doss sie Prinzessin is.

Die Königin isst kouchti Kejstn,
muass ba der Gschicht oba lochn.
Sogg: „Dej weama hiaz glei testn!",
geht und hejb des Bejtt zan mochn.

20 Matrozzn, gleich vül Dejckn
richt sie auf die Liegestott;
a Erbsn tuat sie druntastejckn,
damit sies glei heraussn hot.

Am nextn Tog daunn in da Frua,
frogg sies glei „Wia hostn gschlofm?"
Dem Pupperl folln die Augn fost zua,
es mant: „Es is da gaunze Buckl ouffm."

„I woass net, wos des gwejn sei kunnt,
tat hiaz auf an Fölsn tippm.
Gschlofm hob i koa Sekund,
da4 gspia i mei gaunze Krippm."

„I schau aus, i kaus eich sogn,
- i schwörs ban Boat van oltn Kini -
blau ols hätt mi ana gschlogn,
d'Saison is aus 4 mein Bikini."

Hiaz woas net schwer, ihr Herkunft zglaubm.
Die Königin hot sie glei gfreit:
„Hiaz hob in Buam aa unta d'Haubm!"
Und sans net gstorbm, feians nou heit.

Des hob i vom Hans Christian Andersen gheat.

Des Diandl mit die Zindhölzl

Es woa amol a klaanes Diandl
mit liaba Oat und reinem Herzn,
blondi Hoa schaun ihr ins Stiandl,
und Augn hots ols wia zwoa Kerzn.

Des Lejbm hot sie muards bestroft,
an Locha hots nua söltn gmocht.
Gschlogn hots da Vota oft,
hot sie koa Göld zu eam ham brocht.

Ihr Aufgob woas, a Packl Zinda
aun die Leit auf d'Stross vakafm.
Obwulls koa Oawat woa 4 Kinda,
hot sie do miassn ummalafm.

Aa waunn sie in ihr Bejtterl miassat,
walls kraunk is und aa Fiawa hot,
rejnnt sie umma gaunz bloafiassat,
sunst kamat sie zu goa koan Brout.

Sie hot nie wirkli vül aubrocht,
dauernd um ihr Lejbm graft.
So siacht mas zur Sülvestanocht,
wias mit die Zinda ummalaft.

Es woa net aundascht, ols wia heit,
do kunnt ma wull vül mehr valaungan,
um Oame schean si net die Leit,
dej san do afoch weitagaungan.

Wos saua mir hejb auffastessn:
Obwull des Diandl imma freindli,
woans aa nou sou vull ausgefressn,
sie hobm nix ghobb 4 sie, vameintli.

Wia sie duach die Nocht sou daupat
und vasuacht a Göld zan mochn,
kumman ihr die Leit nua graupat,
des woa olles net zan Lochn.

Sie woa fertig mit da Wölt.
Zan Vota hot sie si net traut.
Sie hot nou vül zu wenig Göld
und er hätts sicha wieda ghaut.

Sie laant ba ana noublen Hittn,
kaana hot si um sie gscheat,
kaana siacht, wia sie hot glittn,
kaana merkt, wias leise reat.

Die Költn sejtzt da Kloan wull zua,
doss sie fost schoa neamma kaunn.
Sie dejnkt: „Hölzl hob i eh nou gnua,
i derf zwoa net, dou zind is aun."

In ihre Augn hejbs gaunz leicht blitzn,
a Schmunzln huscht ihr iwas Gsicht.
Sie dejnkt, sie tat vuan Oufm sitzn,
bis die Flaumm daunn wieda bricht.

Ban zweitn reissts schoa sou die Hejnd,
doss ihr des Hölzl völli knickt.
Die Finga hätt sie fost vabrejnnt,
dou daunn betrocht sies Liacht vazickt.

Die Költn geht bis auf die Baana,
do tramt sie von am Weihnochtsbam.
Am Tisch a brotna Indiana!
Des waa holt wull a scheas Daham.

Des Liacht geht aus. Schwoaz is die Nocht.
Ihr Pumperl is auf Spoaflaumm grejnnt,
sie hot an lejtztn Roschpla gmocht,
sou doss da gaunze Pockn brejnnt.

Sie siacht die Muatta vua sich schwejbm.
Des Diandl sogg gaunz leis zu ihr:
„Wia schea waas, tatst du heit nou lejbm,
nimm mi bitte mit zu dir!"

Am nextn Tog, aun d'Hauswaund glaant,
hot man toutn Körpa gsegn.
Die gleichn Leit hobm hiaza gwaant,
dejs vuaher stea hobm lon im Regn.

Passiert des aa in unsan Togn?
Des is a guate Frog, gaunz gwiss.
Dou ans, des kaunn i sicha sogn:
Doss hiaz 4 sie vül bejssa is.

Zan Nochschaun ban Hans Christian Andersen

Wos hoasst des hiaz?

(Kleines steirisches Wörterbuch)

a bissl	ein wenig
a Packl Zinda	eine Packung Zündhölzer
alaanig	alleine
Antn	Enten
auglaant	angelehnt
Augnglejsa	weit verbreitete Sehhilfe
aunschlatzn	mit Schleim besudeln
ausgschamt	abgefeimt, schamlos, durchtrieben
Baana	Knochen
bakloa	langsam
Beistrich in da Housn	Bremsspur in der Boxer Short
bliat	geblutet
bloafiassat	barfuß
Bouckbiakriagl	Starkbierkrügel
Bratlfett	Bratenfett
Bstejck	Esswerkzeug; wird in manchen Gegenden grundsätzlich zu spät bestellt
Buckl	Rücken
bucklkraxn	rücklings geschultert

Budn	Bauch
da gaunze Pockn	das ganze Paket
da Oane	der Eine
Darm diat	gehungert
daschoussn	erschossen
daupat	stolpert, wankt
douzi	diese/s/r
driwa	drüber
Erbsn	grüne Hülsenfrucht
Fadl	Borstenvieh
fejsta Kibl	Mensch mit beeindruckenden Abmessungen
Fiawa	erhöhte Temperatur
Fichtnmoped	motorisierte Baumsäge
Flouckn	Geld
frembi	fremde
Friseer	Coiffeur
Funzn	unsympathisches Frauenzimmer
gach	plötzlich
Gaung	Spielvariante beim Schnapsen
geh leck	Teufel auch

gejgn die Waund woschn	etwas gegen die Wand werfen
gejgnglejnkt	entgegengesteuert
Gfrieß	missratenes Antlitz
Giatl	Gürtel
Ginsta	Ginster
glejngt	erreicht
Gmalta	Mörtel
Gnead	Eile
Golln	Galle
Goxn	Strumpfhose
graupat	hier: schroff, sonst stachelig
grauslich	grausig
gschamig	schüchtern
Gschroppm	Kinder
gwejn	gewesen
gwoschn (jemanden ane woschn)	brachiale Tätlichkeit
Hapfm	Bett
Hauberl	Käppchen, Häubchen
Hawi	Bettgenosse
heafleischi	unbehaglich, „gänsehäutig"

Hejferl geht iwa	das Auge wird feucht, Auftakt zum Weinen
Hiasl	Dummerchen
Hiatl	Hütchen
hiaz	jetzt
Hintan	Popo
Hoa	Haare
hobm ihr net taug	haben ihr nicht zugesagt
Hockn	Arbeit
hocknstad	arbeitslos
Hölm	Helm
Hölzl	Hölzchen
hobma	haben wir
hot goa koa Leibl	hat gar keine Chance
hudln	sich beeilen
Hullasoft	Holundersaft
Indiana	Truthahn
Iwabiss	Kieferfehlstellung
iwadrahn	verrückt werden
iwahap	überhaupt
iwareisst	durchschaut
Iwaroschung	Überraschung
iwawuzlt	ausrangiert, verbraucht

Kampl	Kamm
keifm	keifen
Kia	Kühe
klaumm	hier: schwermütig, weinerlich
kloanes Vaserl	kleiner Schwächling
Kraxn	großer Tragekorb, wird bevorzugt auf dem Rücken getragen (Bucklkraxn)
Krippm	hier: Körper, Gerippe
Kroupf	Steirerleiden, steirischer Blähhals
Kroutt	Kröte
Kruckn	Gehhilfe
krump	krumm
Kruzinesa	Ausruf des Unmutes
Lehrn	Lehrerin
lejtz	schlecht
lon	gelassen
Madl	Mädchen
Magerl	Mäglein
Maleer	Unglück

McGuyver	Fernsehstar, Frauenheld, Tausendsassa
Mecki Messa	Transchierkünstler vergangener Zeit
meina Söl	um Himmels willen
mejan	warum denn
Mejnsch	Mädchen
Miachn	Lausbub, ungezogener Lümmel
miad	müde
Miarl	Kurzform von Maria
möadaguat	unglaublich gut
Möhlspeis	Mehlspeise
muards a Brett	bereits von der Umgebung bemerkbare Auswirkungen einer Alkohol-Fehldosierung
Mülch	Milch
mull	mehlig
natirli	natürlich
Natzerl	Schläfchen

Neiditscheina	geschäftstüchtiger, aber nicht sympathischer Mensch
Nochtpfoat	Nachthemd
Noschmoakt	Freiluftmarkt in Wien
Notza	Schlaf
oachi	herunter
olle Rand	immer wieder
olta Schrogn	mieselsüchtige Frau
Opflmoust	naturtrüber Apfelsaft
Opflstrudl	Apfelstrudel
oschnaudl	relativ feucht abschmusen
Parkett	hölzerner Bodenbelag zum Kleben, Nageln oder schwimmend Verlegen
potschat	ungeschickt
Pratzerl	natürliches menschliches Greifwerkzeug

Priegl	Stock
Pülzling	Röhrling
pumpats	klopft es
Pumperl	kleine Pumpe, hier: Herzchen
pumperlgsund	topfit
Raudl	alte Ziehharmonika
Reach	Reh(e)
rean	weinen
reiern	siehe: speibm
Riasl	Rüssel
Roa	Rain(e)
roat	rot
Roschpla	Raspler
Ruass	Russ
saftln	nässen
Schandi	ländliche Exekutive
Schea	Schnee
schiach	unschön
schichti	misstrauisch
Schissl	Schüssel
Schlagl	Herzinfarkt
Schlapfm	Pantoffel

Schnepfm	Vogel mit lanzettartigem Schnabel; liebevolle Bezeichnung für seine Lebensabschnitts-partnerin
Schnobl	Schnabel
Schnopsn	steirischer Nationalsport (Kartenspiel)
Schouss	Rock, Kleid
Schwaf	Schweif
Schwitz	Schweiß
seiern	lamentieren
Söl	Seele
sölchti	solchen
sölm	also
söltenschlau	vif
sölwagmocht	selbst gemacht
speibm	erfolgreicher Versuch der Nahrung, den Körper auf demselben Wege zu verlassen, wie sie in ihn eingedrungen ist

Spezl	Freund
Spoaflaumm	Sparflamme
Sterz	Polenta
Stiandl	Stirnlein
Stoa	Stein(e)
Sülvestanocht	Silvesternacht
Suppmtölla	Suppenteller
Tant	Tante
Tatschga	Frosch, Kröte
Tatschgakini	Froschkönig
Tejchterl	Töchterlein
Tiachl	Tüchlein
Tölla	Teller
Traunschga	dumme Gans
triabm	trüben
tschobbt	gearbeitet
Uat	Ort
Uan	Ohren
Uixn	Achselhöhlen
ummabundn	herumgebunden
ummaschiagl	mit den Augen kreuzschnapsen, Fokussierstörung, schielen
ummatauchn	herumtauchen
Unkn	Unke
vagogglt	vertan, geirrt

vameintli	vermeintlich
varejckt	verendet
von da Weitn	aus der Ferne
Wabm	derbe Frau
Watschga	Falott
Weidling	große Schüssel oder beliebte Heiratsgegend bei Wien
Weihnochtsbam	Christbaum
Wiascht	Würste
Wulf im Schritt	Hautirritation zwischen den Beinen
Xölchts	Geselchtes
zaach	zäh
Zanderl	Zähnchen
Zeigl	Zeug
Zejnt	Zähne
Zinkn	Nase
zsaummt	mitsamt
zuadrouschn	zugeschlagen
zuaroatln	zuziehen, zubinden
Zuan	Zorn
zuwimudln	kuscheln, sich anschmiegen

zuzln	mümmeln, lutschen
zwejnggas	zwängt er es
zwoa	zwei

Aus unserem Verlagsprogramm

Leonhard Schmeiser

Das Werk des Druckers
Eine Untersuchung
zum Buch
Hypnerotomachia Poliphili

© 2003, Edition Roesner, 176 S., Sonderformat: 21 x 30,7 cm
mit zahlreichen Abbildungen aus dem Originalbuch und
einem kommentierten Beilageblatt mit den Originalholzschnitten
engl. Broschur
ISBN 3-902300-10-8

„Seit einem halben Jahrtausend wird sie gelesen,
analysiert, kommentiert, gedeutet,
hat sie eine schwer faßbare Faszination ausgeübt.
Man hat die kühnsten Spekulationen über sie angestellt,
die tiefsten Spekulationen in ihr vermutet ...
Dies ist die Geschichte einer großen Liebe;
es ist an der Zeit, sie zu erzählen."

Die HYPNEROTOMACHIA POLIPHILI ist ein rätselhaftes Werk: gelehrt, geschwätzig, abschweifend. Eine Traumerzählung, bereichert um eindrucksvolle Holzschnitte, erschaffen in Venedig - 1499 ediert. Seither überfrachtet nicht nur die Frage nach der Autorschaft, sondern auch die Auslegung dieses polyphonen Textes die Diskussion. Im Rahmen seiner Forschungstätigkeit über kulturwissenschaftliches Wissen nach der medialen Revolution der letzten Jahrzehnte eröffnet Leonhard Schmeiser eine neue Perspektive der Lektüre - und er entlarvt - einem Krimi gleich - die vom Täter in Dienst genommenen Auslegungen, die diesen zu einem Helden der europäischen Geistesgeschichte erhoben haben.

Schriftenreihe zur Unzeit im Denken

Walter Gartler

Philosophieren in der bösen Zone

(Schriftenreihe zur Unzeit im Denken Bd. 1 und 2)
Vorwort: Wolfgang Pircher
© 2002, Edition Roesner, Zweite Auflage 2003,
168 Seiten, engl. Broschur
ISBN 3-902300-00-0

Kant und die verlorenen Träume der Metaphysik

(Schriftenreihe zur Unzeit im Denken Bd. 3 und 4)
© 2002, Edition Roesner, Zweite Auflage 2003,
210 Seiten, engl. Broschur
ISBN 3-902300-01-9

Das Sittengesetz. Kants verschleierte Göttin

(Schriftenreihe zur Unzeit im Denken Bd. 5 und 6)
© 2002, Edition Roesner, Zweite Auflage 2003,
166 Seiten, engl. Broschur
ISBN 3-902300-02-7

Ein Markstein in der internationalen Kant-Forschung, der in erster Linie von dem unvergleichlichen Stil und immensen Gedankenreichtum des Wiener Philosophen Walter Gartler getragen ist.

„Philosophie ist keine Unterhaltung der Weisen in der Gartenlaube, untermalt von dem Gezwitscher entzückter Zuhörer. Sie ist Auseinandersetzung so weit die Kräfte reichen und durchaus ein endliches Geschäft. Wie wenn man für die Ewigkeit schreiben könnte. Nur ein ewiges Schreiben ist unser Los. Ein Los erschreiben.“
Wolfgang Pircher

Ethnologie & Frauenforschung

Cristina Maier
Echo des Schweigens
Stimmen der Betroffenheit zur Genitalverstümmelung bei afrikanischen Immigrantinnen in Wien

Vorwort: Christine Binder-Fritz

© 2003, Edition Roesner, 168 Seiten, engl. Broschur,
ISBN 3-902300-06-X

Außergewöhnlich berührend zeigt diese reflexive Studie, dass dem lange tabuisierten Problem der Genitalverstümmelung afrikanischer Frauen - mit dem damit einhergehenden unbeschreiblichen Schmerz und mit allen ihren Folgen - nicht nur mit aller Kraft entgegengewirkt werden muss, sondern dass es eines äußerst sensiblen Umgangs mit diesem Thema bedarf.

Monika Höglinger
Verschleierte Lebenswelten
Zur Bedeutung des Kopftuchs für muslimische Frauen

Vorwort: Andre Gingrich/Nachwort: Barbara Frischmuth

© 2002, Edition Roesner, Zweite Auflage 2003, 148 Seiten,
engl. Broschur,
ISBN 3-902300-03-5

Verschleierte oder Kopftuch tragende muslimische Frauen in Europa – kaum ein Thema vermag derart viele Vorurteile auf den Plan zu rufen, kaum ein Thema erweckt so viele Emotionen. Während die einen sofort von Unterdrückung islamischer Frauen sprechen und das Kopftuch unhinterfragt als ein Symbol für den fundamentalistischen Islam sehen, neigen andere zu nicht weniger verzerrenden Romantizismen. In diesem hoch aktuellen Buch kommen die Frauen nun selbst zu Wort. Plötzlich ‚lüften sich die Schleier' - und es wird aus den Lebenskontexten heraus verständlich, wie diese Frauen wirklich denken, was sie tatsächlich fühlen, wie sie hier leben.

Romane & Erzählungen

Richard Heinrich
In einem Traum, durch ein Fenster
Roman

© 2002, Edition Roesner, 135 S., engl. Brosch., ISBN 3-902300-04-3

„Es befiel ihn die kindische Befürchtung, seine ganze Philosophie könnte einfach ungültig sein, lächerlich verpatzt, und einen Augenblick lang wollte er beten, daß Gott es so sein lassen möge wie er bewiesen hatte, daß es war; er schämte sich aber dieser Versuchung und sagte laut: ‚Ich bete nicht für einen Beweis.'"

Was das Besondere des Romans ausmacht, ist die stets präsente, aber dennoch zumeist im Verborgenen angelegte Installation von Gedanken der beiden Protagonisten René Descartes und Ludwig Wittgenstein - sowie niemals benannten Satzfragmenten, Bildern oder Ideen von Vladimir Nabokov, Alfred Hitchcock, Marcel Proust, Walter Serner, Arthur Rimbaud ... Kein Detail ist erfunden, alles ist verfälscht.

Nadja M. Krisch
Marietta, die Strohblumen und der Tanz durch die Weltenzeit
Erzählung

© 2003, Edition Roesner, 190 S., engl. Brosch, ISBN 3-902300-05-1

„Dieser Sommer, der für mich so wunderbar nach Freiheit schmeckte, in dem die Luft gesungen hat, das Meer uns verschlang und die Erde uns wieder und wieder umarmte. Es war so, wie ich es mir später oft, sehr oft gewünscht habe, es noch einmal erleben zu können."

Sechs Frauen in der Mitte ihres Lebens, ein Festessen und eine Nacht voller Erinnerungen an ihre „wilden" Jahre in den Siebzigern. Getragen von einer bizarren Leichtigkeit und im Licht des bunten Mosaiks von Vertrauen, Nähe und Distanz erscheint diese Erzählung wie ein Tanz zwischen den Zeiten, zwischen der Ganzheit und dem Detail, zwischen skrupelloser Selbstgefälligkeit und tiefer Authentizität.